3至4歲

有耐性

新雅文化事業有限公司
www.sunya.com.hk

熊寶寶趣味階梯閱讀（3 至 4 歲）

有耐性

作　　　者：譚麗霞
繪　　　圖：野人
責任編輯：黃花窗
美術設計：陳雅琳
出　　　版：新雅文化事業有限公司
　　　　　　香港英皇道 499 號北角工業大廈 18 樓
　　　　　　電話：（852）2138 7998
　　　　　　傳真：（852）2597 4003
　　　　　　網址：http://www.sunya.com.hk
　　　　　　電郵：marketing@sunya.com.hk
發　　　行：香港聯合書刊物流有限公司
　　　　　　香港新界大埔汀麗路 36 號中華商務印刷大廈 3 字樓
　　　　　　電話：（852）2150 2100
　　　　　　傳真：（852）2407 3062
　　　　　　電郵：info@suplogistics.com.hk
印　　　刷：中華商務彩色印刷有限公司
　　　　　　香港新界大埔汀麗路 36 號
版　　　次：二〇一七年七月初版

ISBN: 978-962-08-6834-4
© 2017 Sun Ya Publications (HK) Ltd.
18/F, North Point Industrial Building, 499 King's Road, Hong Kong
Published and printed in Hong Kong

導讀

　　《熊寶寶趣味階梯閱讀》系列的設計是用簡短生動的故事,幫助孩子識字及擴充詞彙量,並從中學習簡單的語法及日常生活常識。這輯的故事是專為三至四歲的孩子而編寫的,這個階段的孩子剛開始識字,請父母先跟孩子共讀這些故事數次,然後讓孩子試試自己認字及朗讀。每一本書都精選一些常用字和基本句式,幫助孩子培養閱讀習慣,學會獨立閱讀並愛上閱讀,逐步增強自己的語言及思考能力。

語言學習重點

　　父母與孩子共讀《有耐性》時,可以引導孩子多學多講,例如:

❶ **學習各種交通工具的名稱**:你坐過哪些交通工具?你還知道哪些常見的交通工具?例如:港鐵、飛機、自行車、摩托車、計程車等。

❷ **認識各種地方的名稱**:父母可以向孩子形容一下什麼是森林、山洞、小鎮、小河、村子,更可以進一步教孩子更多的地理名稱,例如:海洋、湖泊、高山、平原、城市等。

❸ **學習描述事件發生的先後次序**:回憶故事中乘搭交通工具及交通工具經過的地方的次序。

親子閱讀話題

　　通過這個故事,父母可以向孩子解釋一下什麼是耐性。並問問孩子,你是不是一個有耐性的人?你在什麼時候最有耐性?在什麼時候最沒有耐性?……其實,不但孩子需要有耐性,為人父母更是一場恆久的耐性考驗。以親子閱讀為例,很多父母都會遇上這個情況,孩子喜歡重複又重複地讀某一本或某一類的書。當父母都將那本書讀膩了的時候,孩子仍要求將它一讀再讀!熟悉的故事讓孩子覺得心安,而且每次重讀,他都可能從書中獲得一些新的感受,為人父母的唯有將那本書多讀幾遍吧!

譚麗霞

xióng mā ma dài xióng bǎo bao qù xióng pó po jiā
熊媽媽帶熊寶寶去熊婆婆家。

tā men xiān zuò huǒ chē huǒ chē jīng guò sēn lín chuān
他們先坐火車。火車經過森林，穿

guò shān dòng
過山洞。

4

xióng bǎo bao wèn
熊寶寶問：
wǒ men dào le ma
「我們到了嗎？」

xióng mā ma shuō
熊媽媽說：
hái méi yǒu
「還沒有。
nǐ yào yǒu nài xìng
你要有耐性！」

5

tā men xià le huǒ chē　　yòu zuò qì
他們下了火車，又坐汽

chē　　dào le yí　gè xiǎo zhèn
車，到了一個小鎮。

xióng bǎo bao wèn
熊寶寶問：「我們到了嗎？」
wǒ men dào le ma

xióng mā ma shuō
熊媽媽說：「還沒有。你要有耐性！」
hái méi yǒu　　nǐ yào yǒu nài xìng

tā men yòu zuò shàng xiǎo chuán　　yán zhe xiǎo hé
他們又坐上小船，沿着小河

qù yí gè cūn zi　　zhōng yú dào xióng pó po jiā le
去一個村子。終於到熊婆婆家了！

熊婆婆給熊寶寶吃糖果餅乾，
又讀故事書給他聽。熊寶寶聽了一
個又一個故事，開心極了！

9

xióng mā ma shuō
熊媽媽說：「熊寶寶，
xióng bǎo bao

wǒ men yào huí jiā le
我們要回家了！」

熊寶寶搖搖頭：「不！我還沒有聽完故事！你要有耐性！」

Be Patient

P.4 Mama Bear is taking Bobo Bear to Grandma Bear's house. They first take a train. The train passes through a forest and goes through a cave.

P.5 "Are we there yet?" asks Bobo Bear.
"Not yet," says Mama Bear. "You have to be patient."

P.6 After getting off the train and taking a bus, they arrive at a small town.

P.7 "Are we there yet?" asks Bobo Bear.
"Not quite yet," says Mama Bear. "You have to be patient."

P.8 They cross the small river in a boat to a little village. Finally! They have arrived at Grandma Bear's house.

P.9 Grandma Bear gives Bobo Bear sweets and biscuits, and reads him storybooks. Bobo Bear is overjoyed, listening to story after story!

P.10 "Bobo Bear," says Mama Bear. "We have to head home now."

P.11 Bobo Bear shakes his head. "No! I haven't heard all the stories yet. You have to be patient!"

親子共讀

1 講述故事前，爸媽先把故事看一遍。

2 講述故事時，引導孩子透過插圖、自己的相關生活經驗、故事中的重複句式等，來猜測生字的意思和讀音。

3 爸媽可於親子共讀時，運用以下的問題，幫助孩子理解故事，加深他們對新字詞的認識；並透過故事當中的意義，給予他們心靈的養料。

建議問題：

封面：從書名《有耐性》，猜一猜誰沒有耐性？那人為什麼着急？

P. 4：熊寶寶與熊媽媽要往哪兒去？火車經過了什麼地方？火車的外形是怎樣的？

P. 5：猜一猜熊寶寶為什麼着急。

P. 6：熊寶寶乘搭的第二種交通工具是什麼？這種交通工具帶他到達了什麼地方？它的外形是怎樣的？

P. 7：為什麼熊媽媽再次説熊寶寶沒有耐性？

P. 8：熊寶寶乘搭的第三種交通工具是什麼？這種交通工具帶他到達了什麼地方？它跟第一種和第二種交通工具有什麼特別明顯的分別？

P. 9：為什麼熊寶寶覺得很開心？

P. 10：猜一猜熊媽媽在熊婆婆家裏做什麼？

P. 11：到底是誰沒有耐性呢？

其他：你坐過什麼種類的交通工具？這些交通工具能帶你去什麼地方？

你認為自己有耐性嗎？為什麼我們要有耐性呢？

4 與孩子共讀數次後，請孩子以手指點讀的方式，一字一音把故事讀出來。如孩子不會讀某些字詞，爸媽可給予提示，協助孩子完整地把故事讀一次。

5 待孩子有信心時，可請他自行把故事讀一次。

識字活動

請撕下字卡，配合以下的識字活動，讓孩子掌握生字的字形、字音和字義。

指物認名：選取適當的字卡，將字卡配對故事中的圖畫或生活中的實物，讓孩子有效地把物件及其名稱聯繫起來。

★ 字卡例子：火車、婆婆、餅乾

動感識字：選取適當的字卡，為字卡設計配合的動作，與孩子從身體動作中，感知文字內涵的不同意義，例如：情感、動作。

★ 字卡例子：穿過、搖搖頭、開心

字源識字：選取適當的字卡，觀察文字中的圖像元素，推測生字的意思。

★ 字卡例子：森林、村子，用圓點標示的字同
　　　　　屬「木」部

字形：像樹木的形狀。（象形）
字源：越老越大的樹，樹根往往越粗，而且
　　　露出地面來。現在把樹幹寫成一豎
　　　「｜」，把樹枝寫成一橫，樹根就化
　　　成一撇和一捺了。

字源識字：木部

句式練習

準備一些實物或道具，與孩子以模擬遊戲的方式，練習以下的句式。

句式：角色一：我們 ＿＿＿＿ 嗎？
　　　角色二：[給予簡單的原因]
　　　　　　　你要有耐性！

例子：角色一：我們可以去公園嗎？
　　　角色二：待爸爸下班回家後一起去。
　　　　　　　你要有耐性！

識字遊戲

　　待孩子熟習本書的生字後，可使用字卡，配合以下適當的識字遊戲，讓孩子從遊戲中溫故知新。

眼明手快：選取一些字卡，排列在桌子上。一位成人負責發出指示，例如：「請取『森林』字卡。」請孩子與同伴或另一位成人比賽，看誰能最快從桌子上找出「森林」字卡，讓孩子從遊戲中複習字音和字形。

小貼士 每次選取不同組合的字卡，並排列在不同的位置。

記憶無限：選取一些字卡，爸媽說出數張字卡上的字，請孩子按正確次序說出及排列字卡，讓孩子從遊戲中複習字音和字形，並增強記憶力。

小貼士 可由 2 張字卡開始，再逐步增加數量。

旅遊棋盤：在大卡紙上設計棋盤，在棋盤的某些格子上放上交通工具字卡（火車、汽車、小船）和地方字卡（森林、山洞、小鎮、小河、村子），然後在格子上寫上一些識字任務，並設計獎懲規則，例如：成功認讀「火車」一詞，前進至第 4 格。之後預備骰子及棋子，與孩子玩棋盤遊戲，用遊戲方法加強孩子的綜合語文能力。

小貼士 可自備一些白卡，寫上孩子感興趣的交通工具名稱或曾經遊覽過的地方名稱。

婆婆

故事

森林

有耐性
有耐性
有耐性

山洞

小鎮

小河

有耐性
有耐性
有耐性

村子

汽車

小船

有耐性
有耐性
有耐性

火車

餅乾

糖果

有耐性
有耐性
有耐性

先坐

經過

穿過

有耐性
有耐性
有耐性

下了

坐上

問

有耐性
有耐性
有耐性

聽完

搖搖頭

耐性

有耐性
有耐性
有耐性

開心

回家

家

有耐性
有耐性
有耐性